Geschafft

chafft

Geschafft

Idee/Text: Michael Kernbach
Cartoons/Illustrationen: Miguel Fernandez

20. Auflage 2025

ISBN 978-3-8303-4238-0

Mit Fragen zur Produktsicherheit wenden Sie sich bitte an:
carlsen.de/kontakt

Text: Michael Kernbach
Illustrationen: Miguel Fernandez
Herstellung und Gestaltung: Ulrike Boekhoff

FOLLOW US!
facebook.com/lappanverlag
Instagram.com/lappanverlag
LAPPAN.DE
LAPPANKALENDER.DE

MIX
Papier | Fördert gute Waldnutzung
FSC® C002795
www.fsc.org

PRODUZIERT MIT VERANTWORTUNG

Du hast es

Geschafft

Was Mann mit 60
nicht mehr tun muss!

OPA? ICH MUSS FÜR DIE SCHULE WAS ÜBER FOSSILIEN SCHREIBEN. KANN ICH DIR EIN PAAR FRAGEN STELLEN?

Ehrentage feiern

Die sogenannten Ehrentage, beginnend mit dem 40. Geburtstag, waren doch in Ihrer heuchlerischen Mischpoke nichts anderes als eine Art Maßband für Ihre Vergänglichkeit.

Schluss mit den gezählten Sprungmarken ins Nirwana. Ab 60 ist jeder Tag ein Ehrentag und gehört als solcher begangen. Auch, wenn Ihre entsetzten zukünftigen Erben Ihnen einreden wollen, dass täglich Champagner, Callgirls und Cohibas nicht gut für Ihre Gesundheit seien. Wenn schon irgendwann der Arzt kommt, dann wenigstens bis dahin: Party, bis der Arzt kommt!

Schlechten Wein trinken

Die Geiselhaft des Spätkapitalismus hat Ihnen in Ihrem Leben sicher einiges an Verzicht abverlangt. Rauchen aufgegeben für die Klassenfahrten der Kinder, jahrelanger Stammtischstopp für die Raten des Eigenheims und stattdessen 3-Euro-Wein am Abend für den Neuwagen.

Eine Orgie des Sparens und der Einschränkung. Für was? Wohnen Sie jetzt dafür etwa in der Alhambra oder gehört Ihnen der Trump-Tower? Hat Ihnen eines der selbstsüchtigen Blagen die Entsagungen mit einem Nobelpreis gedankt? Oder wenigstens mit einer selbst verdienten Milliarde? Sehen Sie es ein: Ihr Verzicht war zu nichts nutze! Und egal wie lange Ihr Leben noch sein mag, es ist jetzt schon definitiv zu kurz, um weiter schlechten Wein zu trinken! Darum her mit dem guten Zeug ab Premier Cru aufwärts! Oder wollen Sie weiter mit Ihrem Magensäureopfer die Friseur- und Nagelstudio-Orgien Ihrer Frau bezahlen? Tun Sie sich das nicht weiter an! Guter Wein gehört nun mal in alte Schläuche.

Zum Friseur gehen

Ein Mann ab 60 geht nicht mehr zum Friseur. Wenn er überhaupt noch genug Grund hat, sich bei einem solchen Dienstleister einzufinden, dann SCHREITET er dorthin.

Immerhin ist es keine Selbstverständlichkeit, auch das siebte Lebensjahrzehnt mit einer frisierbaren Haarpracht anzugehen. Weiter-hin einen Friseur aufsuchen zu können ist sogar weit wichtiger als Haare zu haben.
Denken Sie nur an die neidvollen Blicke der jungen Früh-Lichten, die bei ihrem Coiffeur um Hilfe suchen, weil sie schon in den späten Zwanzigern ihres Lebens kunstvolle Drapierungen auf ihren kahlenden Häuptern tragen müssen. Das ist der reinste Jungbrunnen. Tipp: Sollte es um Ihr Naturhaar doch nicht mehr so richtig schnittig bestellt sein, gehen Sie einfach mit Toupet zum Friseur. Für das Schneiden ist es einerlei und für die neidvollen Blicke sind die Dinger gerade gut genug.

Sich aufregen

Magengeschwür, Herzinfarkt, Bypass und Übergewicht sind die Narben, die Sie sich durch Dummheit eingehandelt haben. Durch die Dummheit anderer, über die Sie sich dummerweise aufgeregt haben.

Was hat es gebracht? Ihre Frau nölt immer noch, Ihr Nachbar erzählt weiterhin die Witze von der Pointe her, die Pappnasen, die sich „Chef" nennen, werden immer jünger, haben aber dieselben schnarchigen Ideen wie die alten. Zeit, die Dinge gelassener zu nehmen. Zeit für einen Dujardin oder was auch immer schon morgens auf der Tanke an Gemütshilfe in kleinen Flaschen auf Sie warten mag und in Kombination mit den Blutdruckmitteln eine innere Gelassenheit verströmt, die Sie das letzte Mal Anfang zwanzig beim Joint danach empfunden haben.

HALLO? ES GEHT UM DIE BEIDEN WEIBLICHEN KANINCHEN, DIE SIE MIR VERKAUFT HABEN.

Kreuzworträtsel lösen

Wie schnell sich im Leben die Dinge ändern können, zeigt sich oft in unscheinbaren Kleinigkeiten. Nehmen wir mal das Kreuzworträtsel. War es bis gestern noch Präsentiertablett Ihrer unschlagbaren Allgemeinbildung und Ihrer exorbitanten Kenntnisse in Geografie und griechischer Mythologie, sehen darin ab heute alle auf einmal eine Art Test für galoppierende Senilität.

Bisher hat sich niemand drum geschert, wenn Ihnen der nordwestliche Zufluss des Sourou nicht einfallen wollte? Jetzt löst das hochgezogene Augenbrauen und besorgtes Getuschel aus. Ehe Sie sich versehen, versorgt man Sie mit übergroßen Seniorenmagazinen mit Lösungsanforderungen wie „Wie macht die Kuh?" mit drei Buchstaben. Das kann Ihnen das bisschen Kreuzworträtseln doch nicht wert sein. Wenn Sie weiter Bildung demonstrieren wollen, rezitieren Sie zum Frühstück die Gesänge der Odyssee, aber Vorsicht, nicht in Altgriechisch, sonst schleppt Sie einer dieser bildungsfreien Computer-Junkies aus Ihrer Verwandtschaft wegen des Verdachts auf einen Schlaganfall zum Arzt.

Spenden

Es gibt nichts Gutes, außer man tut es. Das haben Sie in den letzten Jahrzehnten so oft beherzigt, dass alleine von Ihrem Gesamtspendenaufkommen New Orleans nach „Katrina" wieder komplett hätte aufgebaut werden können.

Mit dem 60. Lebensjahr ist es an der Zeit, die Seite zu wechseln. Gerade ein Mann wie Sie in den besten Jahren kommt immer häufiger in die Situation, auf die Spendenfreudigkeit seiner Mitmenschen angewiesen zu sein. Die jungen Dinger aus der WG von gegenüber zum Beispiel, die könnten Ihnen doch mal nachts etwas Wärme spenden. Oder wenn schon nicht spenden, dann zumindest tauschen, gegen etwas Erbgut zum Beispiel. Denn auch, wenn Sie im besten Spenden-Erhalts-Alter sind, gilt auch für Sie, insbesondere in einem solchen Fall: „Geben ist seliger denn nehmen."

Blau machen

Wer mit 60 auf der Arbeit blau macht, muss völlig verrückt sein! Schließlich läuft man dabei in ernstzunehmende Gefahr, den besten Teil der eigenen Berufstätigkeit zu verpassen.

Nachdem man ein 3/4-Arbeitsleben lang aus Angst vor den jüngeren Kollegen übermenschliche Pensen abgerackert hat, kann man jetzt, unkündbar, wie man dank der Abfindungsforderung, hoch, wie der Mount Everest nun einmal ist, den jungen Zeitverträglern zusehen, wie sie den ganzen Tag im Angstschweiß baden. Und das will man doch nicht verpassen, oder? Wenn es ihnen Spaß macht, verschärfen Sie die Situation durch Gerüchte („Ich kenne den Personer schon seit dem Mittelalter und glauben Sie mir, das wird schwer hier für Sie.") oder erfundene Versprechungen wie „Hör zu, Grünschnabel, wenn du meine Fälle mit übernimmst, leg ich beim Alten ein Wort für dich ein. Wir waren noch zusammen im Krieg."

DER PATIENT MIT DEN KREUZBESCHWERDEN BITTE!

Life-Work-Balance austarieren

Sicher, Sie sind über die Äonen von Arbeitszeit ein Jedi-Meister darin geworden, unnötigen Aufgaben aus dem Weg zu gehen und keine überflüssige Verantwortung zu übernehmen. Aber nun gibt es sogar für Sie, den Grandseigneur des Krankenscheins, etwas zu lernen. Ausgerechnet von dem jungen Gemüse, das sich bisher nur als Auffangbecken für unliebsame Tätigkeiten eignete. Die jungen Leute, Gott segne sie, haben etwas entdeckt, das Ihnen fehlte in Ihrem Leben: die Work-Life-Balance. Nicht als Idee als solche, denn morgens in der Butze einchecken, erst mal Kaffee, Daddeln, Ausreden-Bingo mit den Kollegen und dann ist schon Mittag, das kennen Sie schon lange als „der-Arbeit-aus-dem-Weg-gehen". Jetzt hat das aber einen schicken Namen und ist sogar legitimer Teil eines modernen Arbeitsethos, den der Betriebsrat anmahnen kann! Nutzen Sie darum Ihre im Berufsleben erworbenen Skills im Wegducken nun offensiv als Teil Ihrer gelebten WLB und treiben Sie Ihren Vorgesetzten mithilfe von zusätzlich eingesetzten Mantras und meditativer Musik in den Wahnsinn. Oder ins Homeoffice. Hauptsache weit weg. Namaste!

Bescheiden sein

Nicht, dass man die Überquerung der 60-Jahres-Linie als Aufruf zu maßloser Protzerei missverstehen sollte. Gefragt von einem Mann in den besten Jahren ist die schwerste aller Lebenshaltungen, die bedingungslose Ehrlichkeit.

Nur Ihre Bereitschaft, zukünftig schonungslos die Wahrheit zu sagen, kann anderen Menschen helfen, von Ihrer Lebensleistung zu profitieren. Wer hat Ihren Laden denn die ganzen Jahre praktisch alleine nach vorne gebracht? Ohne wen, bitte schön, wäre denn der Verein, der Sparclub, die Familie, ja, die ganze Stadt schon längst am Ende? Sehen Sie! Wie sollen Ihre Mitmenschen denn je irgend etwas lernen, wenn Sie ihnen Ihre Heldentaten aus falsch verstandener Rücksichtnahme jetzt verschweigen? Nein, geben Sie sich offen und stehen Sie zu Ihren Meisterleistungen und – aus Liebe zu Ihren Lieben – am besten immer laut und bei jeder sich bietenden Gelegenheit.

Ratgeber lesen

Was ist nur aus der Jugend von heute geworden!? Für jede Selbstverständlichkeit brauchen die Keimlinge offenbar einen Ratgeber, um irgendwie durchs Leben zu kommen. „Ein- und ausatmen, aber wie?", „Ich krieg ein Kind – muss ich jetzt sterben?" So einen Quatsch lesen Sie selbstverständlich nicht. Sie sollten den Bedarf an guten Ratschlägen lieber dazu nutzen, selbst einen Ratgeber zu schreiben.

„Bier, Buletten und Bundesliga – von der Kunst, ein Mann zu sein" wäre ein prima Titel oder „Vergiss KONZ – 1001 Steuerhinterziehungstricks am Rand der Legalität" sind doch genau die Sorte Lebenshilfe, nach der es der Welt dürstet. Geschrieben von einem Mann mit Ihrer Erfahrung! Weil aber die meisten Bücher von Frauen gekauft werden, sollten Sie gleichzeitig ein Beratungsbüro aufmachen, in dem Sie den Damen bei einem Tête-à-Tête einfühlsam klar machen, warum Druckprodukte Ihres Hauses auf den Nachttisch ihres Mannes gehören. Das macht nicht nur Spaß, sondern ist auch eine klasse Geschäftsidee. Hugh Heffner ist so steinreich geworden!

HOW TO SWIM

Zu Hause bleiben

Der Mann ist das eigentliche Opfer der menschlichen Kulturgeschichte. Genetisch als Jäger und Sammler programmiert, haben repressive Entwicklungen in der Geschichte der Höhle, wie der Übergang zum Hausbau oder die Gründung von Verbrecherkartellen wie Schwäbisch Hall, den Mann in die Rolle des abendlichen Heimkehrers gezwungen.

Statt seinem Urtrieb zu folgen und in ständig neuen Revieren Beute zu machen, betritt der männliche Mitteleuropäer jeden Tag denselben Pfad der häuslichen Versklavung. Befreien Sie sich aus dieser Gängelung. Schlafen Sie ab sofort jeden Abend woanders und nutzen Sie hier die gesamte Reichweite unserer Wohlstandsgesellschaft. Einen Abend „Rizz", der nächste im Wohnheim Ritze – das ist gelebtes Abenteuer und viel spannender als die Erdnüsse und die Vorwürfe Ihrer Frau auf dem heimischen Sofa. Daddy goes home, but Opi goes out!

Alkoholfreies Bier trinken

Was denken Sie: Hat Jesus Wasser zu Wein verwandelt, damit Sie im Alter Bier zu Wasser verwandeln? Hat der Erlöser uns beim letzten Abendmahl den Kelch mit Rebensaft gereicht, damit wir das Abendbrot mit gemalztem Mist entweihen?

Alkoholfreies Bier zu trinken ist Blasphemie, aber nicht nur das: Es ist auch widernatürlich. Was auch immer Sie durch den Konsum kastrierter Männergetränke erreichen wollen, lassen Sie es bleiben. Es ist es nicht wert. Widerstehen Sie auch der Versuchung, den edlen Gerstensaft durch Verunreinigung mit Cola, Limo oder Bananensaft zu entweihen. Wenn Sie dem Biere schon etwas hinzufügen möchten, dann sollte es zumindest aus ähnlichen Rohstoffen hergestellt sein, wie etwa ein Doppelkorn.

Stark sein

Mit 60, sehen wir den Tatsachen ins Gesicht, droht Ihre Zeit als Alphamännchen in absehbarer Zeit abzulaufen. Kein Grund Trübsal zu blasen. Sind wir mal ehrlich, diese dauernden Siege gegen minderwertige Gegner sind auf die Gesamtdauer doch auch eher langweilig gewesen.

Denken Sie jetzt immer daran: Auch ein schöner Silberrücken kann entzücken. Frauenherzen wie auch Brieftaschen lassen sich mit Ihrer Lebenserfahrung mittlerweile ganz entspannt aus dem Clubsessel öffnen. Überlassen Sie das Prahlen mit körperlicher und mentaler Stärke zukünftig dem jungen Gemüse und betrachten Sie erheitert das Wettkampfspektakel aus der Lebensloge, während Sie mit ein paar Telefonaten mit ein paar guten, alten Bekannten das Dreifache von dem erreichen, wofür Sie früher monatelang geschuftet haben. Wahre Stärke, das zeigt sich jetzt, ist vor allem die Stärke des Adressbuchs.

WIE VERKRAFTET GUNNAR EIGENTLICH DEN FÜHRERSCHEINENTZUG?
NÖN! NÖN!

GEFAHRENSYMBOLE IM ALLTAG
HEUTE: REIZEND UND ÄTZEND

Auf den guten Ruf achten

Schaffe, schaffe, Häusle baue ... Der frühe Vogel fängt den Wurm ... Morgenstund hat Gold im Mund – das war einmal! Der 60. Geburtstag ist der ideale Moment für ein längst überfälliges Eingeständnis.

Nämlich, dass nur eine Lebensprämisse die wirklich wahre ist: Ist der Ruf erst ruiniert, lebt´s sich reichlich ungeniert! Schauen Sie sich doch in Ihren 60 gelebten Jahren um! Sie hatten die Arbeit, der Büro-Hallodri das Vergnügen. Gott sei Dank ist es nie zu spät umzusteigen. Befreien Sie den Easy Rider in sich und machen Sie sich eine Strichliste, um ja nix zu versäumen: 100 Dinge, die Mann ab sechzig nicht verpassen darf. Und lassen Sie sich nix einreden. Potenz, Poker, Party machen passt gerade jetzt viel besser zu Ihnen als Prostatavorsorge und Patientenverfügung.

Dazulernen

Dazulernen? Sie? Pah, wozu soll das denn gut sein!? Wer von Ihnen erwartet, dass Sie jetzt noch mal was dazulernen, macht den fatalen Fehler zu glauben, dass Sie nicht längst schon alles wüssten. Wo man Sie rausgeschmissen hat, muss man die anderen doch erst mal reinlassen. So sieht 's doch aus. Dazulernen war gestern.

Im Gegenteil: Mit dem 60. Lebensjahr beginnt nun die längst überfällige Zeit des Ausmistens. Ein genetisches Reinigungsprogramm sorgt dafür, dass in Ihrem Hirnkasten ebenso zahl- wie nutzlose Informationen endlich völlig gelöscht werden. Damit Sie sich, als ausgereifter Mensch, in Zukunft endlich und ausschließlich auf die wichtigen Dinge konzentrieren können. Etwa auf Dings ... na, wie hieß es gleich ... und auf, äh, das ..., na, das mit ... du weißt schon ...

EIGENTLICH FÜLLEN WIR DEN TRUTHAHN ERST NACH DER SCHLACHTUNG.

Ein Instrument lernen

Auch wenn es ein lebenslang gehegter Traum war, „später" mal ein Instrument zu lernen, sollten Sie gerade ab 60 darauf verzichten, ein solches Vorhaben in die Tat umzusetzen. Warum? Erstens wäre dann ja jetzt „später" und das ist eine schlechte Zukunftsperspektive für jemanden, der noch so viele Pläne vor der Brust hat wie Sie.

Und zweitens macht es doch erheblich mehr Spaß, sich intensiv mit den Dingen zu beschäftigen, die man schon KANN, um es hier dann zu wahrer Meisterschaft zu bringen. Statt also am Klavier, in Esperanto, oder bei einer asiatischen Kampfsportart herumzudilettieren, sollten Sie lieber lernen, die Programmieranleitung Ihres Streaming-Anbieters endgültig zu verstehen, oder erlangen Sie den nächsten Dan bei der Pflege Ihres Blumenbeetes. Wenn Sie schon etwas Neues lernen wollen, versuchen Sie es mit „Meiner Frau erfolgreich widersprechen" oder „Rückenschmerzen glaubhaft simulieren".

Nachrichten gucken

Sie sind ja nun 60 und darum im Stadium rasant an Fahrt aufnehmenden intellektuellen Verfalls, haha ... Auch wenn solcherlei Anspielungen Ihres Umfelds auf das vermeintliche Nachlassen im Dachstüberl so lustig sind wie Kindermortadella mit Pinocchio-Gesicht, so haben sie auch ihr Gutes.

Von Ihnen erwartet offenbar niemand mehr, ständig auf dem neuesten Stand zu sein. Schenken Sie sich darum ab sofort das abendliche Ritual der Tagesschau. Das Leben hat sowieso soviel Spannenderes zu bieten. Sollten Sie trotzdem einmal in die Verlegenheit kommen, ein tagesaktuelles Geschehen zu kommentieren, quittieren Sie die Ereignisse mit: „Zu meiner Zeit wäre das nicht möglich gewesen". Das passt schließlich zu allen Nachrichten, mittlerweile sogar beim Wetter.

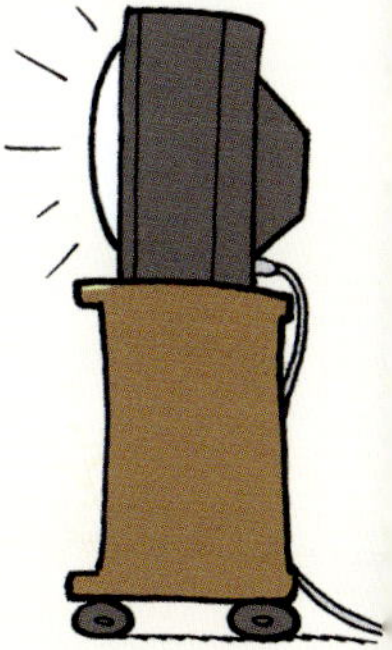

ENTSCHULDIGUNG, BIN ICH HIER RICHTIG BEIM AKTZEICHENKURS?
NEIN, DIES IST DER NACKTZEICHENKURS.

Einen Anzug tragen

Je nach Schnitt und Stoffbeschaffenheit kann ein Anzug gerade ab 60 das perfekte Outfit sein, etwa wenn er aus Baumwolle wie ein Jogging- oder aus Frottee wie ein Hausanzug besteht. Lediglich um Kleidungskombinationen, denen Etikette wie „schick" oder „business" ankleben, sollten Sie in Zukunft einen großen Bogen machen.

Ein Mann ab 60 repräsentiert sich nicht mehr durch sein Äußeres, sondern durch seine erfahrene Ausstrahlung. Es ist doch schon viel mehr als das Nötige getan, wenn Sie sich überhaupt noch täglich anziehen. Will Ihr näheres Familienumfeld Sie trotzdem bei bestimmten Anlässen nicht aus der Pflicht einer Uniform entlassen, wählen Sie in Zukunft Bischofs-soutanen. Die unterstreichen nicht nur Ihre gewachsene Würde, sondern sind so raffiniert geschnitten, dass Sie darunter einfach Ihren Lieblingsanzug anlassen können: den Schlafanzug!

Uncool sein

Die Entscheidung, uncool zu sein oder eben nicht, entzieht sich leider Ihrer Entscheidungsgewalt. Das Problem ist, dass ein Mann ab 60 gar nicht uncool sein kein. Er kann seine verdammte Sexyness vielleicht notdürftig verbergen, um den Frischfleischmarkt für die Junghirsche nicht völlig zu desavouieren, mehr an Einflussnahme ist an dieser Stelle aber leider nicht für Sie drin, sorry!

Es ist nun mal so: Nix ist cooler für die Mädels als ein gut durchgereifter Haudegen mit Herz für Romantik! Werden Sie jetzt Poetry-Slammer und beeindrucken Sie reihenweise junge Germanistikstudentinnen und -studenten, die in ihrem Leben eine Vaterfigur vermissen und dem Charme Ihrer Weisheit erlegen sind. Wichtig: Bloß nix selber schreiben, lieber was von Brecht oder Thomas Mann vorlesen, das ist nach wie vor 1a und garantiert unauffällig. Denn solange es die „Dreigroschen-oper" nicht für die Switch oder den „Zauberberg" als Game für die Wii gibt, stehen die Chancen recht gut, dass niemand merkt, dass Sie vielleicht doch gar nicht sooo cool sind.

Im Bus stehen

Welche Lebensregel hat Ihnen wohl die letzten 60 Jahre besonders sauer gemacht? Der frühe Vogel fängt den Wurm? Von nix kommt nix? Falsch! Der absolute Downer für männliche Lebewesen unter 60 lautet: Frauen und Kinder zuerst. Das ist der Grund, warum Sie ein Leben lang Türen aufgehalten, Stühle herangetragen und in Bussen und Zügen gestanden haben.

Dieses Martyrium ist jetzt vorbei. Mögen Sie noch so vital und krafterfüllt sein, für die Teilnahme am öffentlichen Personennahverkehr können Sie jetzt jederzeit das ungeschriebene Recht einklagen, dass man für ältere Menschen im Bus aufsteht. Nutzen Sie darum jede Gelegenheit, einen dieser quergekämmten Lümmel mit ihren iDings auf den Ohren aufzuscheuchen. Tipp: Legen Sie sich einen Gehstock zu und machen Sie die Erfahrung, dass die Generation Ihrer Großväter doch nicht zu 100 Prozent fußkrank war, sondern dieses Stück Holz schon immer viel weniger eine Gehhilfe als eine exzellente Schlagwaffe war. Eine Art Baseballschläger für den Golden Ager. Probieren Sie es aus!

Heimlich Haschisch rauchen

Mein Gott, Mann! Sie sind 60 Jahre alt. Und benehmen sich wie ein verschreckter Teenager. Schluss mit den Drogen. Zumindest mit den versteckten.

Wer oder was soll Sie jetzt noch von einer gemütlichen Kaffeefahrt in den Coffeeshop nach Amsterdam abhalten, um sich dort das feine Dope zu besorgen, von dem Ihr Enkel immer nur behauptet, es besorgen zu können! Legen Sie bei der Rückfahrt selbstbewusst eine 2-Pfund-Platte „Roter Libanese" in die Windschutzscheibe und sollte der Zöllner Ihnen den Eigenbedarf nicht abkaufen wollen, dann fragen Sie den Grünschnabel, was er denn über Bandscheibenschmerzen zu wissen glaubt. Er lässt sie fahren, Sie werden es sehen!

ALTER! ICH KRIEGE GERADE VOLL DIE HALLUS!
NEIN, KEINE ANGST. ICH HABE NUR AUF ARTE UMGESCHALTET.

Wählen gehen

Ja, da schau her! Ausgerechnet die Politik, die in den letzten 30 Jahren keine Gelegenheit ausgelassen hat, Ihnen auch noch ins Feierabendbier zu pullern, entdeckt Sie jetzt als einen echten Premiumkunden.

Klar, beruflich geht es für Sie nun in die letzte Runde. Da wird aus dem Problembürger mit seinem ganzen Pillepalle wie Bildungschancen für Kinder, Angst um den Arbeitsplatz und dem ganzen anderen Geheule endlich ein politischer Pflegefall, den man mit ein bisschen Rente und ein bisschen Doktor prima bei Laune halten kann. Das heißt für Sie zuallererst vor allem eins: Endlich beginnen die Dinge mal von selbst in die richtige Richtung zu laufen. Denn, weil es von ihresgleichen, der goldenen Generation, so viele gibt, wollen alle Parteien Sie auch gerne haben. Und das ist auch der Grund, warum Sie nie mehr wählen gehen müssen. Denn egal wer regiert, der Rentner selten friert. Warum nicht gleich so, lieber Bundestag!

Etwas auslassen

Hören Sie in der letzten Zeit auch öfters wohlgemeinte Ratschläge wie: Lassen Sie es ruhiger angehen. Sie sollten sich nicht mehr so anstrengen ... gnagnagna.

Ja, gehts noch? Wozu soll denn der ganze Aufriss, insbesondere der letzten 40 Jahre, gut gewesen sein? Für Wassergymnastik und alkoholfreies Bier? Besten Dank! Vergessen Sie das ganze Gebrabbel. Was wissen die Greenhorns Mitte dreißig bis vierzig schon vom Leben!? Statt noch einmal irgendetwas auszulassen, heißt es jetzt, nehmen, was man kriegen kann. Rockkonzerte, Demo im schwarzen Block, der New-York-Marathon oder eine Rolle in einem Hollywood-Film.
Ganz gleich, was es ist, Sie sollten es sich holen, denn schließlich sind Sie alt genug und wissen, wie es geht!

SOLL ICH DIE SCHUHE WIEDER ANZIEHEN?

Rücksicht nehmen

Auch ein Mann in seinen besten Jahren muss natürlich weiter Rücksicht nehmen: und zwar vor allem auf sich selbst! Das bezieht sich nicht nur auf die lästigen Prostata-Vorsorgeuntersuchungen mit kleiner und großer Hafenrundfahrt, sondern auch auf das ganz alltägliche Leben.

Nehmen Sie Rücksicht auf Ihren Wunsch nach Bequemlichkeit und vertreiben Sie die nervigen Blagen von Ihrem Lieblingsplatz im Kino, Bus oder Stadion. Werden Sie dabei ruhig ein bisschen handgreiflich und laut, noch haben Sie dazu ja ausreichend Kraftreserven. Rücksicht auf sich selbst ist auch bei langen Schlangen oder in Wartezimmern angezeigt. Gehen Sie einfach entschlossen an allen wartenden Greenhorns vorbei und bestätigen Sie sich die erfüllende Lebenserfahrung, dass gerade Warteschlangen von vorne ganz besonders schön aussehen.

Rolling-Stones-T-Shirts tragen

Sie haben es sicher innerlich schon länger geahnt: Das Tragen von Band-Merchandise, insbesondere in Form von T-Shirts, ist ab einem gewissen Alter nur noch lächerlich.

Gemeint ist dabei aber nicht Ihr Alter, sondern vor allem das der verehrten Musiker und ihrer Musik. Ein ganz besonders grauenvolles Beispiel sind da die Rolling Stones. Es ist alles andere als subversiv, das Logo einer Rockband spazieren zu tragen, deren Sänger in jedem deutschen Restaurant ohne Probleme den Seniorenteller „Hubertus" bestellen könnte. Wenn schon Fanbekleidung, dann wählen Sie ein Radrenntrikot. Das betont ihre runden Formen und ist bei Ihrem Tablettenkonsum eine witzige Anspielung auf Doping.

Hautcremes benutzen

Der ungezügelte Kapitalismus treibt auf seinen letzten Metern die bizarrsten Blüten. Die Idee, Schönheitskosmetika an Männer zu verkaufen, um so den Absatzmarkt für Peelings und Körpermilch mit einem Schlag zu verdoppeln, ist so eine Absurdität, die der Mutter Natur schamlos ins Antlitz spuckt. Sie sollen für den Shareholder-Value nachts regenerierende Intensivpflege auftragen und am Tage Anti-Falten-Force? Ja, aber wozu?

Falten sind die Autogramme des Lebens auf Ihrer Haut und je knittriger Sie aussehen, desto mehr Chancen haben Sie obendrein, Ihren Lebensabend in Ruhe mit Kumpels in der Kneipe zu verbringen. Merken Sie sich: Eine ordentlich verlebte Haut ist der sicherste Schutz gegen mannstolle schwarze Witwen, die nach der Auslöschung des eigenen Männchens nach weiteren Opfern suchen. Wenn Sie unbedingt die Volkswirtschaft stützen wollen, dann verschärfen Sie das Biertrinken und, wenn es schon Fettcreme sein muss, den Genuss von Leberwurststullen. Sie wissen ja längst: Wahre Schönheit kommt von innen und da müssen dann auch die Pflegemittel hin. Skol!

Mädels aufreißen

Das Leben ist manchmal eine undankbare Sache. Nehmen wir mal das Thema Frauen. Was hat Mann nicht an Zeit, Geld, Fantasie und Willen aufgebracht, sich hemmungslos lächerlich zu machen, nur, um wenigstens hin und wieder bei einer Schnitte einen Stich zu machen.

Das alles nur, um heute festzustellen, dass man sich den ganzen Aufriss hätte sparen können und seine Ersparnisse besser, wie eigentlich geplant, beim Wirt an der Bar abgegeben hätte. Nicht nur, dass der Erfolg beim schönen Geschlecht im Rückblick betrachtet ein wenig überbewertet erscheint. Auch die Aufwand–Nutzen–Bilanz verbessert sich mit den Jahren deutlich zu Ihren Gunsten und erreicht ab 60, dank der vielen, vielen trostbedürftigen Scheidungsopfer, ein stabiles Hochplateau, auf dem es für Sie als Don Juan in Zukunft mehr zu ernten denn zu jagen gibt.

Geduld haben

Was lange währt, wird endlich gut und gut Ding will nun mal Weile haben – ja, herzlichen Dank auch! Man muss leider kein Prophet sein, um die eher ernüchternde Prognose zu stellen, dass die Ihnen verbleibende Extrawartezeit auf den nächsten freien Mitarbeiter noch mal volle 60 Jahre beträgt. Time is nicht nur money, time is fun.

Lassen Sie sich von niemandem mehr auf die lange Bank im Wartesaal des Lebens setzen. Wenn Sie etwas brauchen, fordern Sie es in Zukunft direkt schriftlich – am besten per Mail, den Rechtsanwalt im Kenntnisfeld. Das verkürzt sogar beim Friseur die Wartezeiten enorm. Denken Sie immer daran: Geduld einfordern ist doch sowieso nur ein mieser Trick der Alten, um die Jungen so lange wie möglich am Katzentisch mit Bockwurst abzuspeisen, während die Elder Statesmen sich so viel Austern einschieben, wie nur in sie hineinpassen, um dann anschließend ausgiebig die Eier zu schaukeln. Da ist jetzt höchste Zeit, den Tisch zu wechseln!

HERR OBER? DA IST EINE FLIEGE IN MEINER SUPPE!
BOH, IST DER TYP PINGELIG!

Geschafft

Endlich immer das passende Geschenk für alle MÄNNER!

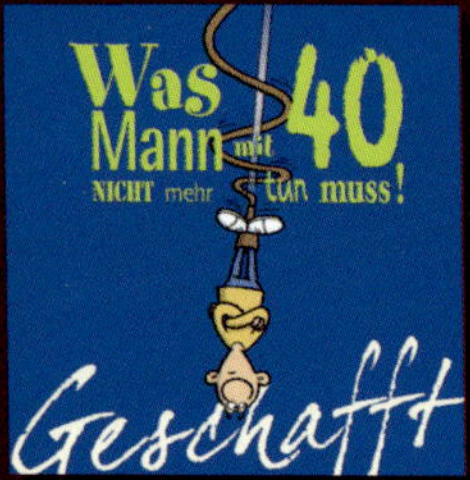

LAPPAN

Folgt uns! facebook.com/lappanverlag
Instagram.com/lappanverlag
www.lappan.de